JN038754

ふしぎな　ふしぎなバスケット
なかには　なにが　はいっているのかな
くんくん　においを　かいでごらん
すてきな　すてきな　かおり
そーっと　ふたを　あけてごらん
かわいい　ようせいたちが　とびだしてくるよ
いろんな　かたち　いろんな　いろ
きらきら　フルーツのようせいたち
あなたの　すきな　くだものは　なあに

ようせいじてん

フルーツのようせい

小手鞠るい・作　たかすかずみ・絵

12か月

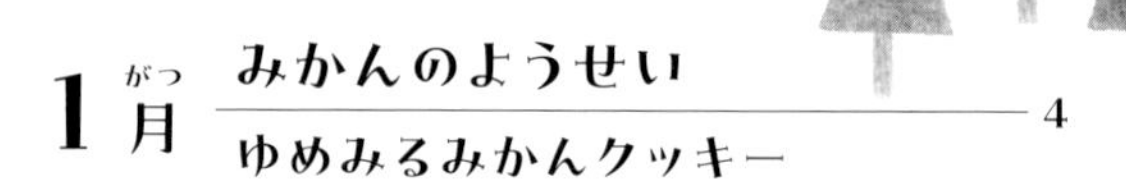

chestnut
grape
strawberry
peach
pineapple
mango
blueberry

1月（がつ） January

みかんのようせい

ゆめみるみかんクッキー

どこまでも　しろい　ゆきの　のはら
かたすみに　ちいさな　おうち
ちいさな　やねにも　ゆきが　つもって
まどには　オレンジいろの　あかり
えんとつからは　けむりが　もくもく
おうちの　なかは　ぽかぽか　はるみたい
ここは　みかんのようせいの　おうちです

みかんは　ビタミン　たっぷりの
すっぱい　あじの　くだものです
かわを　むくと　とびだしてくる
うみの　かおり　みなみかぜ

おひさま　だいすき　みかんのようせい
あさ　はやくから　いっしょうけんめい
なにかを　つくっています
まぜあわせて　こねこねして　まるめて
こまかく　きざんだ
みかんの　かわも　いれて
のばして　ちぎって　かたちを　つくって
ならべて　オーブンに　いれて
いったい　なにを　つくっているのかな

さあ　できあがった！
みかんのようせいが　まきのオーブンから
とりだしたものは

えだの　かたち
はっぱの　かたち
はなの　かたち
いろんな　かたちの
おひさまいろの　みかんクッキー
かむと　さくっと　おとが　して
みかんの　かおりが　ただよいます
ふゆなのに　はるの　きぶん
ふゆなのに　なつの　よかん

さあ　バスケットに　つめこんで
もりまで　とどけに　いこう
くまさん　りすさん　のうさぎさんに
はちみつ　たっぷりの　みかんクッキー
たべたら　たのしい　ゆめを　みられるよ
ゆめの　なかには　うみが　でてくるよ
みなみの　しまも　でてくるよ

2月 February

バナナのようせい

とくだいのチョコレートパフェ

そらの　かなたまで　つづく　あおい　うみ
よせては　かえす　なみの　おと
ここは　うみべの　ココヤシの　はやし
ようきな　バナナのようせいが　すんでいる
かぜが　ふくと　ぱらぱら　ぱらぱら
すずしい　おんがくに　つつまれて
バナナのようせいは　すやすや
おひるねが　だいすき

そこへ　かもめが　やってきた
こんにちは　バナナのようせいさん
そろそろ　おきて　おでかけ　しようょ
きょうは　なんの　ひか　わすれたの

うみべで　パーティが　はじまった
きょうは　バレンタインズ・デイ
だれかから　だれかへ　あいを　おくる　ひ
そして　バナナのようせいの　うまれた　ひ

おたんじょうび　おめでとう！

チョコレートのようせいが
バナナのようせいの　ために
チョコレートパフェを　つくった
カスタードクリームみたいなバナナに
たっぷり　チョコレートの　かかった
とくだいのチョコレートパフェ
ぺろりと　たいらげた
くいしんぼうのバナナのようせい
おいしかった！　ありがとう！
そのえがおを　みているだけで
しあわせきぶん

LOVE

3月 March

りんごのようせい

アップルパウンドケーキ

ここは　りんごの　はたけです
こだかい　おかの　しゃめんには
りんごの　きが　いっぱい
あかい　りんご　きいろい　りんご
みどりの　りんご
あかと　きいろの　まじった　りんご
いろとりどりの　まんまるな　かたち
みんなで　おしゃべり　しているみたい

りんごばたけの　まんなかに
りんごのようせいの　おうちが　あります

さんがつの　あるひ
ことりが　おてがみを　とどけてくれました
――りんごのようせいさんへ
　はるの　もりへ　あそびに　きませんか
おいしいクッキーを　たくさん　やいて
　みんなで　おまちしています
なかよしの　みかんのようせいからの
しょうたいじょうでした

ふたりとも　おかしづくりが　とくい
みかんのようせいは　クッキーが
りんごのようせいは　パウンドケーキが　とくい
ふたりとも　あまい　おかしが　だいすき
さあ　パウンドケーキを　やこう
ジュースも　しぼって　もっていこう

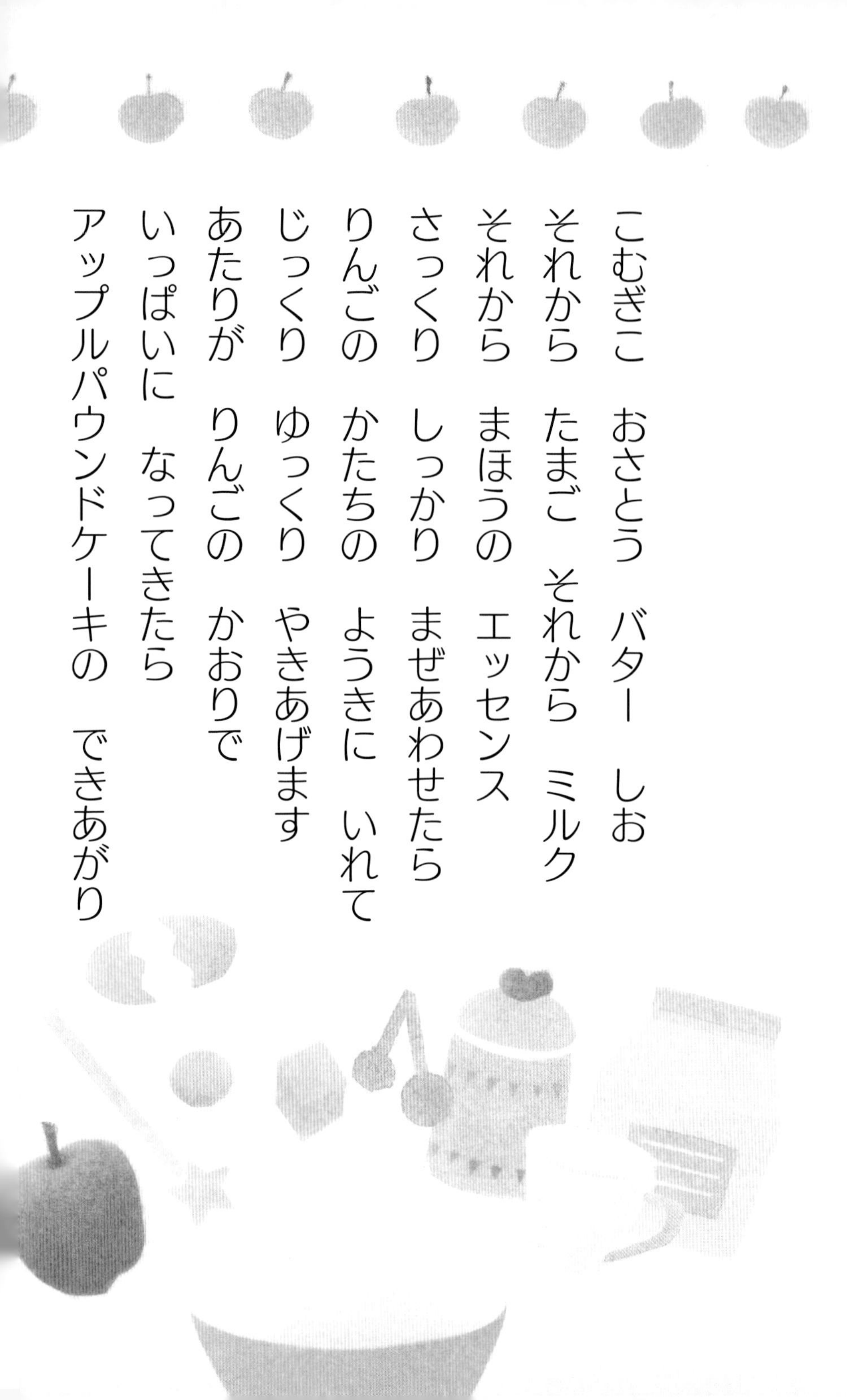

こむぎこ　おさとう　バター　しお
それから　たまご　それから　ミルク
それから　まほうの　エッセンス
さっくり　しっかり　まぜあわせたら
りんごの　かたちの　ようきに　いれて
じっくり　ゆっくり　やきあげます
あたりが　りんごの　かおりで
いっぱいに　なってきたら
アップルパウンドケーキの　できあがり

バスケットに　いれて
あかいリボンを　きゅっと　むすんで
さあ　おでかけしよう　はるの　もりへ
だいすきな　おともだちに　あいに

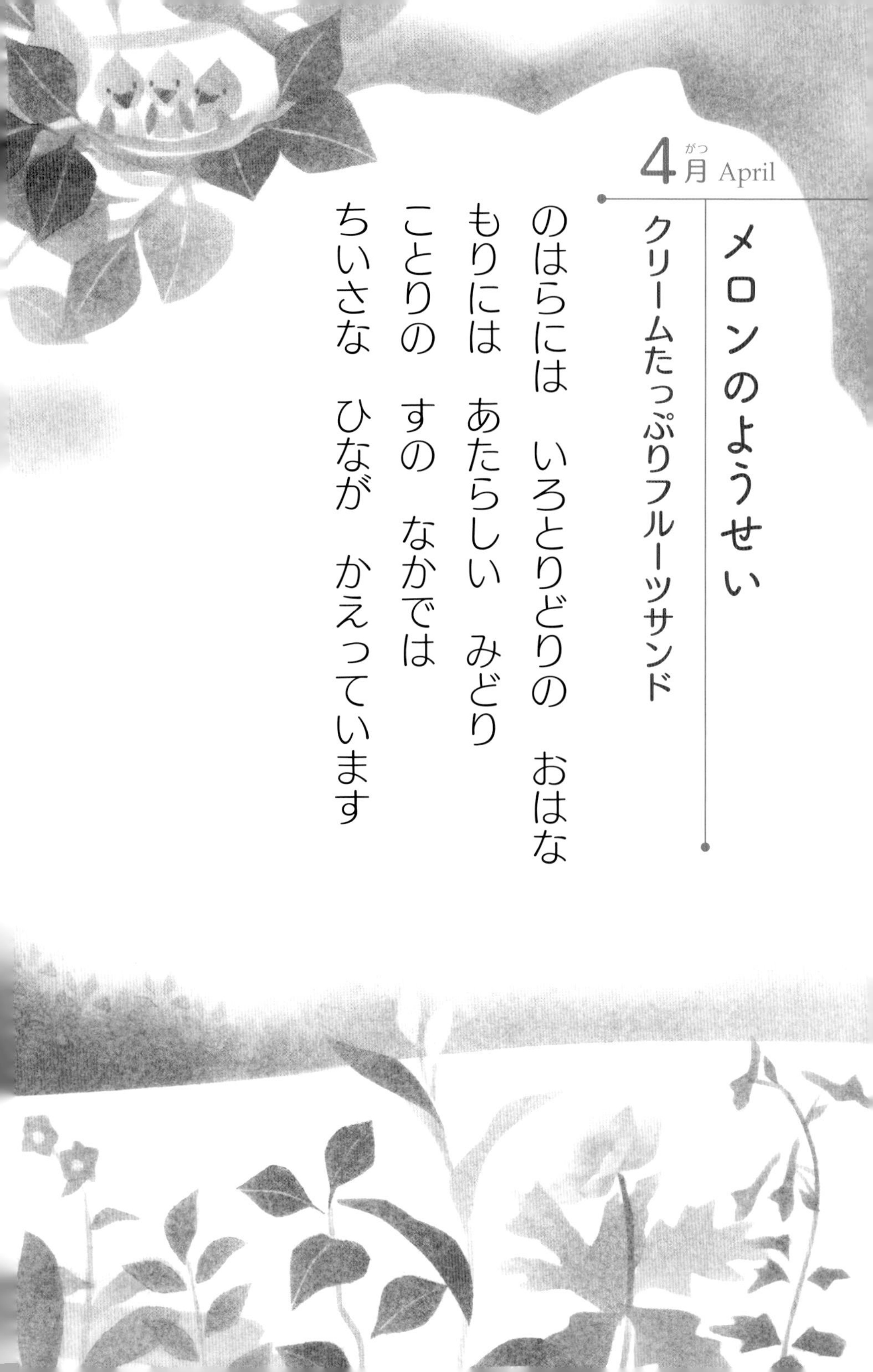

4月（がつ） April

メロンのようせい

クリームたっぷりフルーツサンド

のはらには　いろとりどりの　おはな
もりには　あたらしい　みどり
ことりの　すの　なかでは
ちいさな　ひなが　かえっています

メロンのようせいは
キッチンで　つぎから　つぎへと
なにかを　つくっています
いったい　なにを　つくっているのでしょう
あんなに　たくさん　だれが　たべるのでしょう
ちょっと　のぞいてみましょうか

ふわふわのパン　にまい
あまいクリームを　たっぷり
それぞれのパンに　ぬって
うすく　うすく　カットした
メロンと　バナナと　いちごを
はさんで　そっと　おさえたら
フルーツサンドの　できあがり

あみの　めの　もようの　ついた　かわ
おうかん　みたいに　ずっしり　おもい
メロンは　フルーツの　じょおうさま

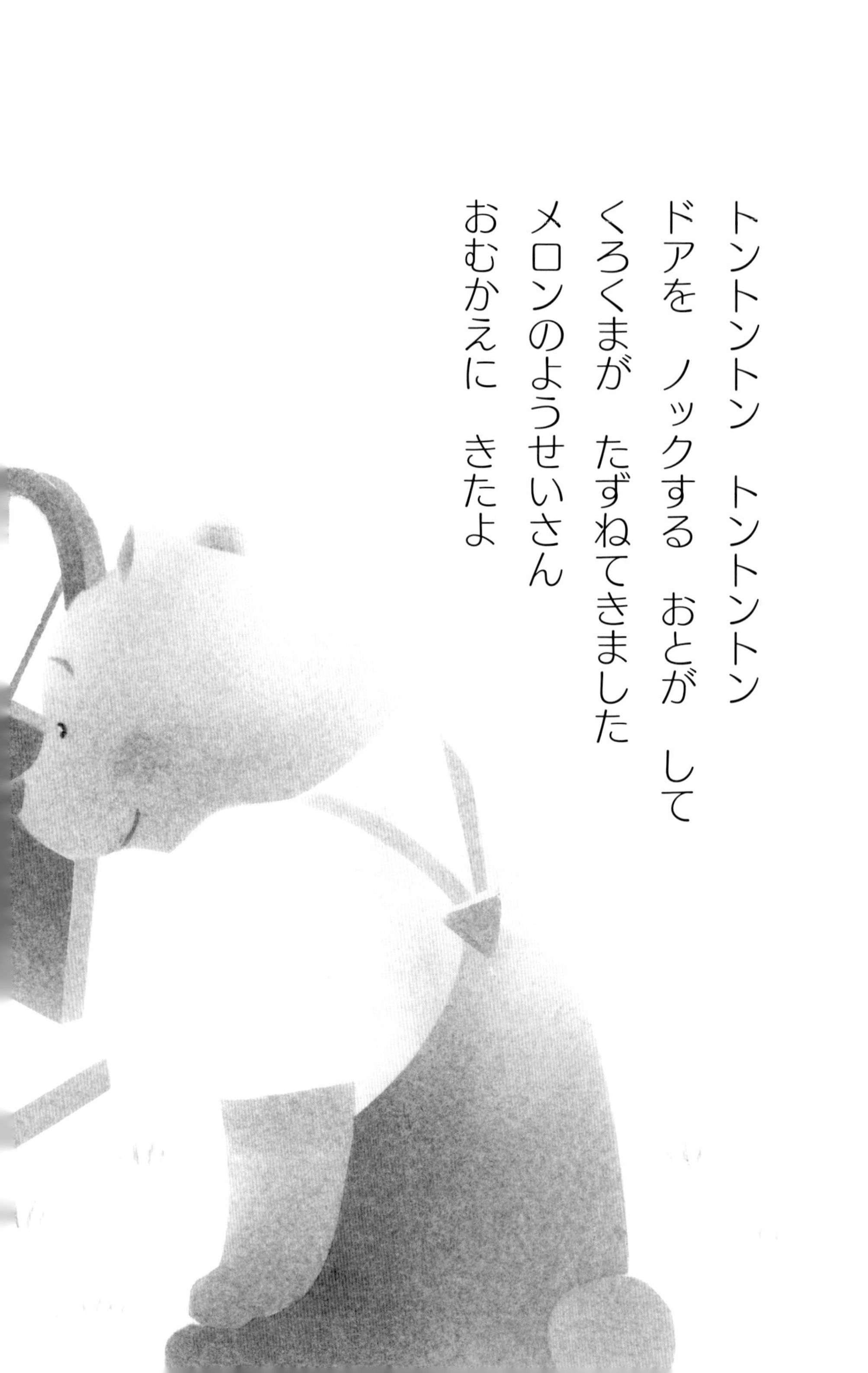

トントントン　トントントントン
ドアを　ノックする　おとが　して
くろくまが　たずねてきました
メロンのようせいさん
おむかえに　きたよ

いきさきは　はるの　もり
きょうは　もりの　しょうがっこうの
にゅうがくしきの　ひです
かわいい　しんにゅうせいたちが　いっぱい
しきが　おわったら　みんなで
フルーツサンドを　たべます
メロンのようせいさん　ありがとう
みなさん　にゅうがく　おめでとう

5月 May

さくらんぼのようせい

おすすめのチェリータルト

おみせの　まえには　さくらの　き
きの　そばには　テーブルと　いす
はるには　うすいピンクの　はなを　さかせて
それから　きみどりいろの　めを　だして
それから　つやつやの　わかばを　ひろげる
さくらの　きから　うまれた
さくらんぼのようせいのケーキやさんです

チェリー
タルト

ようこそ　いらっしゃいませ
さくらんぼのようせいは
おきゃくさまを　おむかえします
こんにちは　ケーキを　かいに　きました
おきゃくさまは　きつねの　おんなのこ
きょうは　おばあちゃんの　おたんじょうびなの
どんなケーキが　いいかしら

Happy
Birthday

おすすめは　チェリータルトよ
きつねの　おばあちゃんは　このタルトが　だいすき
ちいさくて　まんまるくて　かわいらしい
ほら　さくらんぼが　こんなに　いっぱい
きっと　よろこんでくれると　おもうわ

6月 June

ブルーベリーのようせい

ふわふわしっとりマフィン

のはらの　かたすみに
ブルーベリーの　はたけ
はたけの　かたすみに
ブルーベリーのようせいの
おみせが　あります

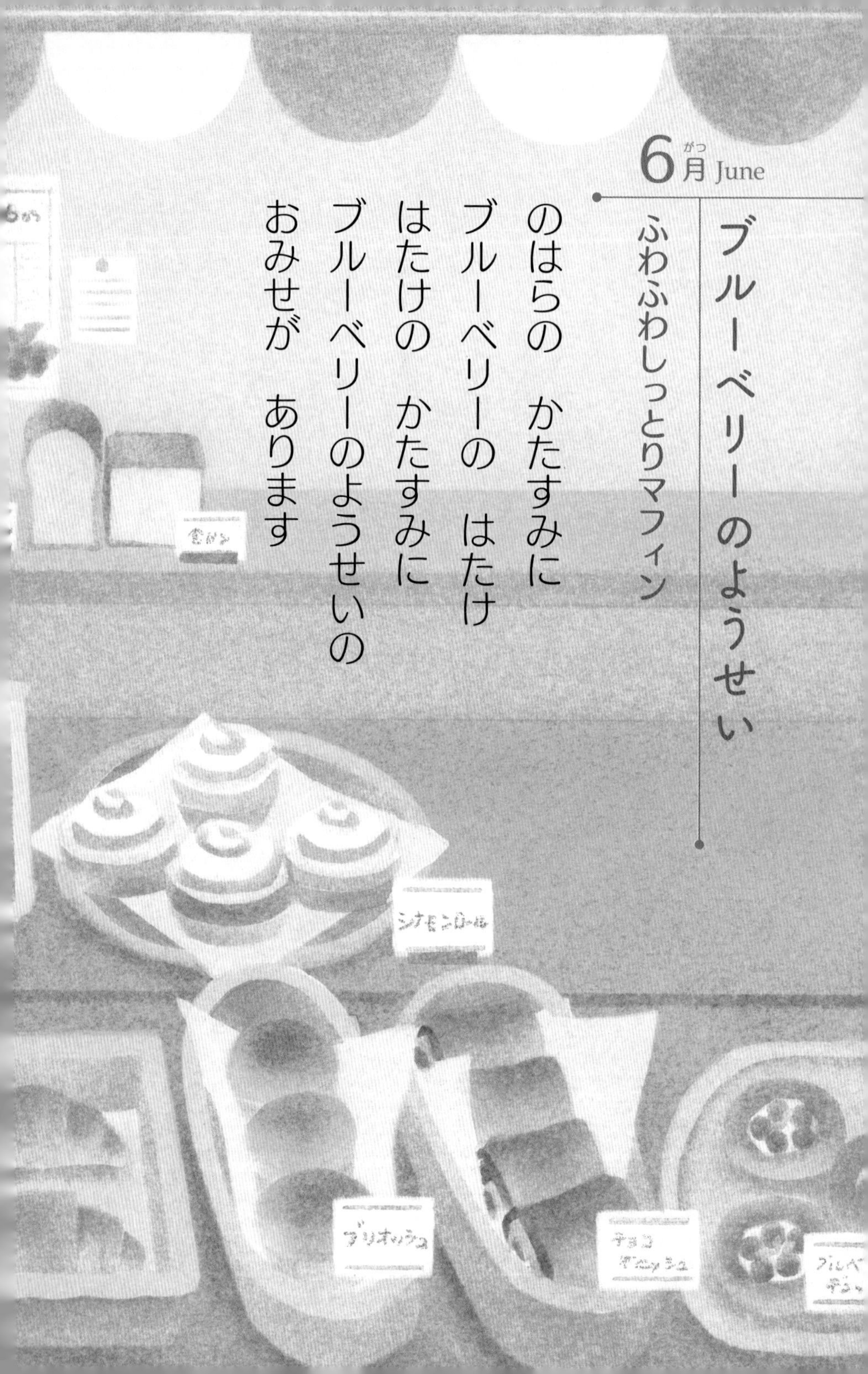

クロワッサンに
デニッシュに
ブリオッシュに
メロンパン
クリームパンに
シナモンロール

おや　これは　なんでしょう
まるで　コックさんの　ぼうしみたい
もこもこ　ひつじさんの　せなかみたい
それとも　これは　くもの　かたち？
この　あおい　ほうせきみたいな
ブルーの　つぶつぶは　なんでしょう

うすい　かわで　つつまれた
ちいさな　あおい　つぶつぶを　きゅっ
かむと　なかから　とびだしてくる
じょうひんで　やさしい　ほしの　しずく
ブルーベリーは　まほうの　くだものです

こんにちは　ブルーベリーのようせいさん
ふしぎな　このパンを　ひとつ　ください
たぬきの　おとこのこが　かいに　きました
おまけに　ひとつ　プレゼント
このパンの　なまえは？
これはね　ブルーベリーマフィンだよ
えいようたっぷりの　マフィンだよ
なかみは　ふわふわ　ブルーベリーは　しっとり
たべたら　まほうが　きらり
ほら　あおい　うみが　みえてくるよ

マンゴーのようせい

フルーツポンチのはなび

どこまでも　どこまでも　あおい　うみ
よせては　かえす　なみの　いろ
あさは　きんいろ　よるは　ぎんいろ
ここは　うみべの　ココヤシの　はやし
バナナのようせいの　おうちの　となりに
マンゴーのようせいが　すんでいます
バナナのようせいは　きいろい　むぎわらぼうし
マンゴーのようせいは　あかい　むぎわらぼうし

ねえ　マンゴーのようせいさん
きょうは　うみべで　はなびたいかいが　あるよ
バナナのようせいが　さそいに　きました
いまね　フルーツポンチを　つくっているところなの
できあがったら　これをもって
いっしょに　でかけましょう
すいかと　バナナと　キウイの
かわをむいて　スライスして
ボウルのなかで　まぜて
レモンのジュースをふりかけて
あか　きいろ　みどり

バナナのようせいが　いいました
マンゴーを　いれなくちゃ

あかい　かわで　つつまれたマンゴー
するする　するする
かわをむいたら
やわらかい　みが　つるり
くちのなかで　とろり
オレンジいろのマンゴーの
かけらを　ちりばめたら
はなびのようなフルーツポンチの
できあがり

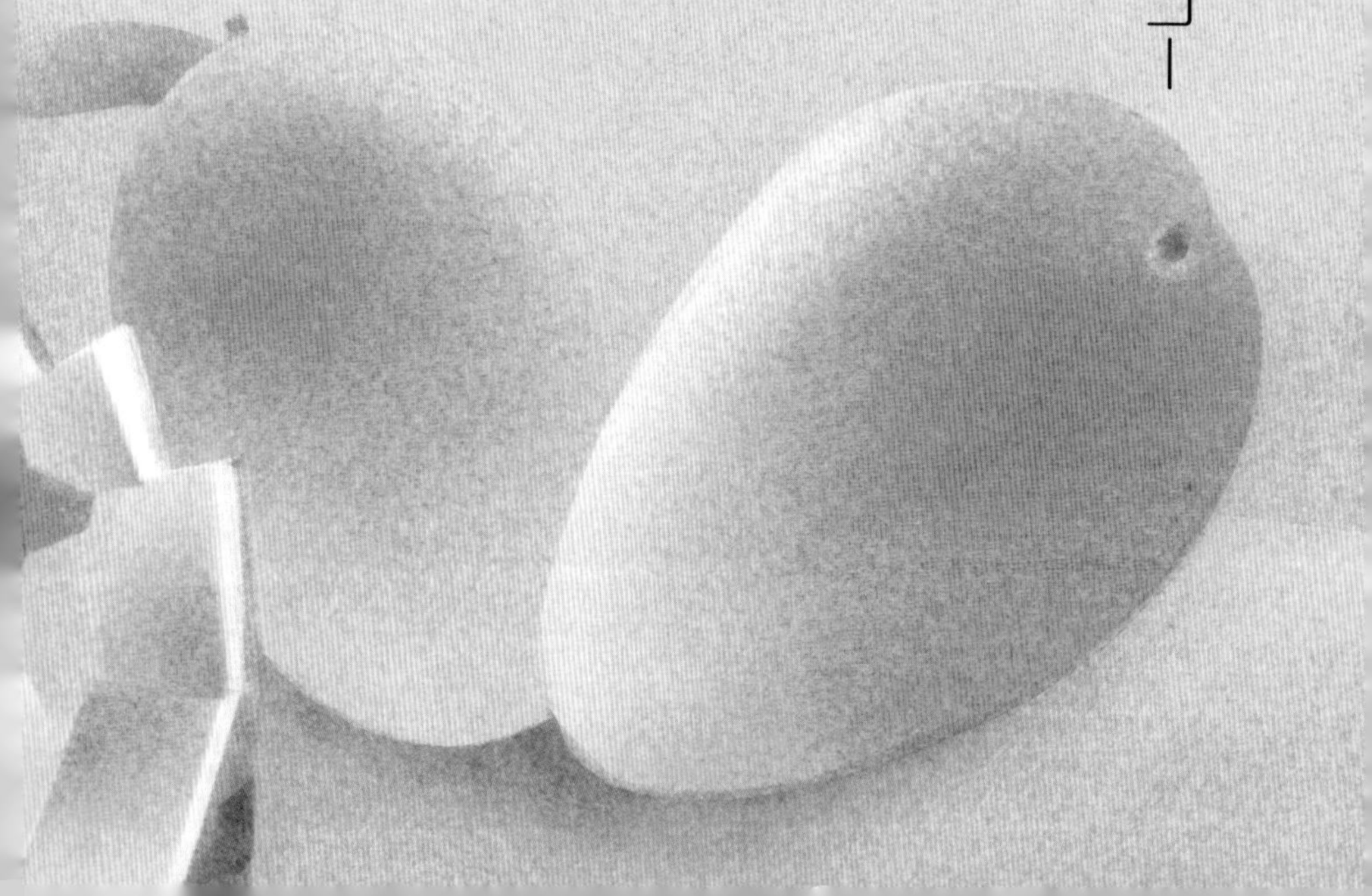

パイナップルのようせい

きらきらアイスクリームやさん

みなみの　しまの　かたすみに
アイスクリームやさんが　あります
パイナップルのようせいの　おみせです
パイナップルのようせいは
すずしいかおをして　アイスクリームづくり
ミルクに　たまごに　おさとうに　しろいクリーム
よく　かきまぜて　まぜこんで
さいごに　ひみつのフレーバー

Sweet Dream Ice Cream

さきの　とんがった　はっぱ
かわには　するどい　ぎざぎざ
パイナップルは　いさましい　くだもの
だけど　かわの　なかには
みずみずしい　あまずっぱい　まほう
パイナップルのようせいが　つくった
パイナップルのアイスクリーム
ひとくち　たべたら
うみの　かなたまで　ひとっとび

こんばんは　パイナップルのようせいさん
わにの　きょうだいが　やってきました
きょうの　おすすめの　フレーバーは？
さあ　なんでしょう
それは　たべてみての　おたのしみ
きらきら　かがやく　アイスクリーム
ひとくち　たべたら　たちまち
よぞらの　かなたまで　ひとっとび

みなみの　しまの　うみべでは
はなびたいかいが　はじまりました

9月(がつ) September

もものようせい

ぴちぴちピーチパイ

ここは　ももの　かじゅえんです
なだらかな　おかの　しゃめんには
ももの　きが　いっぱい
ピンクいろの　もも
きいろい　もも
ほんのり　あかい　もも
まだ　かたい　みどりの　もも
いろとりどりの　ももたち

うすい　かわに　つつまれたまま
みんなで　おしゃべり　しています

かじゅえんの　まんなかに
やまごやみたいな
もものようせいの　おうちが　あります

くがつの　あるひ
ことりが　おてがみを　とどけてくれました
――もものようせいさんへ
あきの　もりへ　あそびに　きませんか
クッキーを　やいて　おまちしています
りんごのようせいさんも
パウンドケーキを　もって
あそびに　きてくれます
みかんのようせいからの
しょうたいじょうでした

じゃあ　わたしは　ピーチパイを　やこう
みずみずしい　ももで

ももを　うすく　スライスして
パイの　きじの　うえに　しきつめて
まきの　オーブンで　やきあげます
あたりが　ももの　かおりで
いっぱいに　なってきたら
ピーチパイの　できあがり
バスケットに　いれて
リボンを　きゅっと　むすんで
さあ　でかけよう
いろづいた　あきの　もりへ
だいすきな　おともだちに　あいに

10月 October

ぶどうの ようせい

くるくるロールケーキ

コスモス　ききょう　りんどう　のぎく
のはらには　あきの　おはなが　さいて
あきかぜに　すすきが　ゆれています
もりの　なかまたちは　せっせと　ふゆじたく
どんぐりを　あつめている　しまりす
きの　うえに　おうちを　つくっている　りす
ほらあなを　さがしている　くろくま

ぶどうのようせいは　キッチンで
あさから　とっても　いそがしそう
つぎから　つぎへと　くるくるまいて
なにかを　つくっています
いったい　なにを　つくっているのでしょう
ちょっと　のぞいてみましょうか

ふわふわのスポンジケーキに
あまいクリームを　たっぷり　ぬって
むらさきいろの　ぶどうを　しきつめて
そう　ぶどうのようせいは
ロールケーキを　つくっているのです

いまにも　はじけそうな　げんきな　つぶつぶ
いっぱい　あつまって　たれさがっている
ぶどうは　あきのフルーツの　おうさまです
ジュースに　しても　ほしぶどうに　しても
おいしい　くだものの　おうさまです

ドンドンドン　ドンドンドン
ドアを　ノックする　おとがして
おおかみが　たずねてきました
ぶどうのようせいさん
おむかえに　きたよ
ぶどうのようせいは
バスケットを　てに
おおかみの　かたに
のりました

いきさきは　あきの　もり

きょうは　もりの　しょうがっこうの

こどもたちの　えんそくの　ひ

みずうみの　そばで　ロールケーキを　たべます

ぶどうのようせいさん　いただきます

11月（がつ） November

くりのようせい

ふしぎなマロンのカップケーキ

ほんが　たくさん
ならんでいます
ひだりから　みぎまで
ほんがぎっしり
ふるい　ほん
あたらしい　ほん
ほんの　かおりは
きの　かおり

ほんの　かおりは
もりの　かおり
ここは　もりの
としょかん
ようせいたちが　あつまって
いろんな　ほんを　よんでいます
おかしの　つくりかた
パンの　つくりかた
まほうの　えほん　ひみつの　えほん
おはなの　ずかん　いろの　ずかん
せいざの　ずかん　ほうせきの　ずかん

さあ　どくしょかいを　ひらこう
みんなの　すきな　ほんの　はなしを　しよう
マロンのカップケーキを　たべながら
ひなげしの　おちゃと　いっしょに
おかしと　おちゃは　なかよし
おかしと　ものがたりも　なかよし
おいしくて　たのしくて　ふしぎな　なかまたち

ふれると　いたい　いがいがと
がんじょうな　かわに　つつまれた
くりは　とっても　ふしぎな　くだもの
ちゃいろの　かわの　なかには
ひみつが　かくされています
ほくほく　ふんわり
しっとり　ほくほく
おいしい　あきの　ひみつです

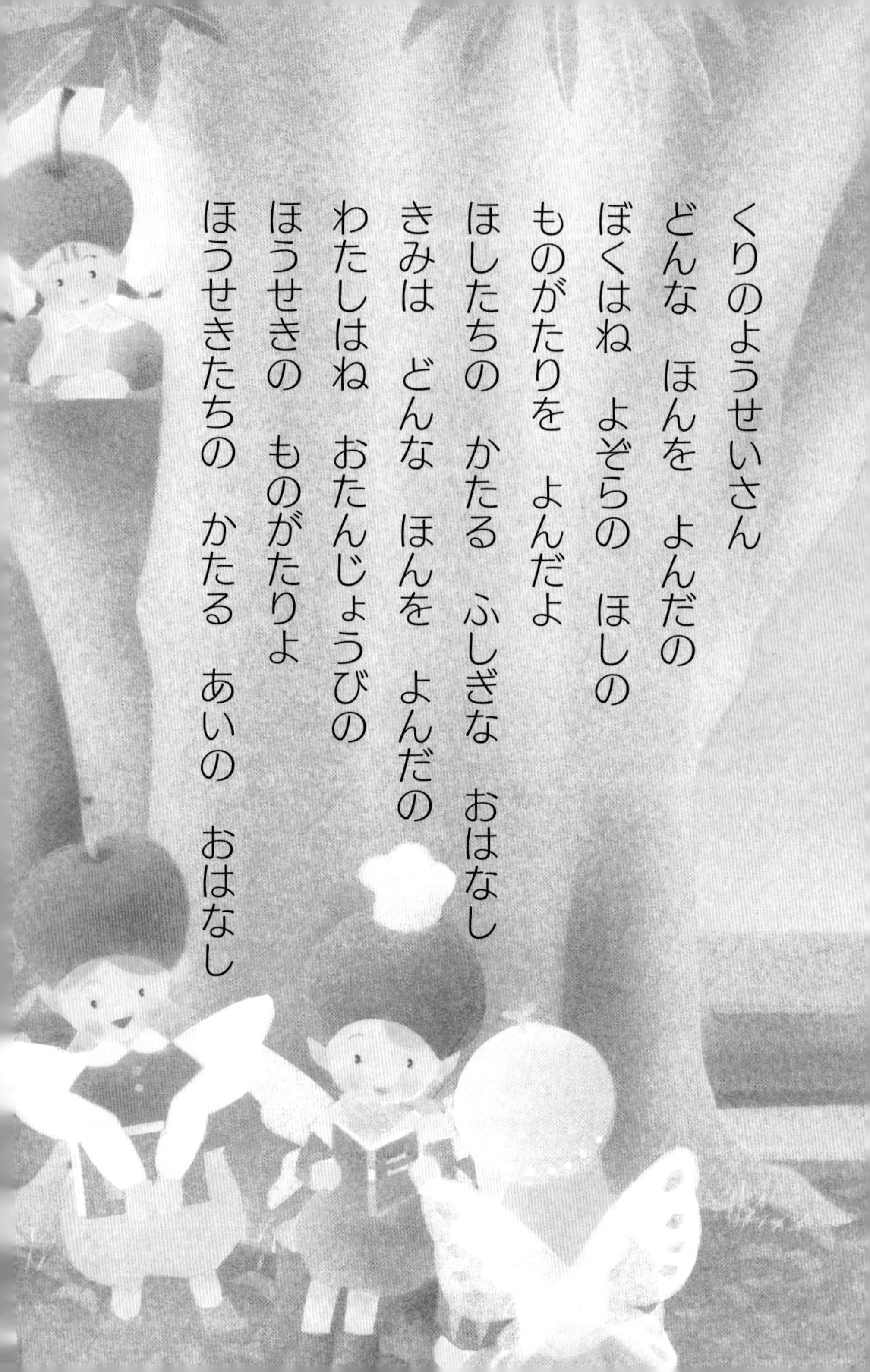

くりのようせいさん
どんな　ほんを　よんだの
ぼくはね　よぞらの　ほしの
ものがたりを　よんだよ
ほしたちの　かたる　ふしぎな　おはなし
きみは　どんな　ほんを　よんだの
わたしはね　おたんじょうびの
ほうせきの　ものがたりよ
ほうせきたちの　かたる　あいの　おはなし

みんなの　こころの　なかで
ものがたりが　かがやいています
あきの　どくしょかいは　まだまだ　つづきます

12月(がつ) December

いちごのようせい

ストロベリーのサンタクロース

きょうは　クリスマスです
もりと　のはらと　かじゅえんの
フルーツのようせいたちは
ツリーの　まわりに　あつまりました
ツリーの　てっぺんには　ぎんいろの　ほし
えだから　えだへ　まきつけた　ライトの　かざり
さあ　あかりを　ともしましょう
ハッピー　ハッピー　ホリデイズ！

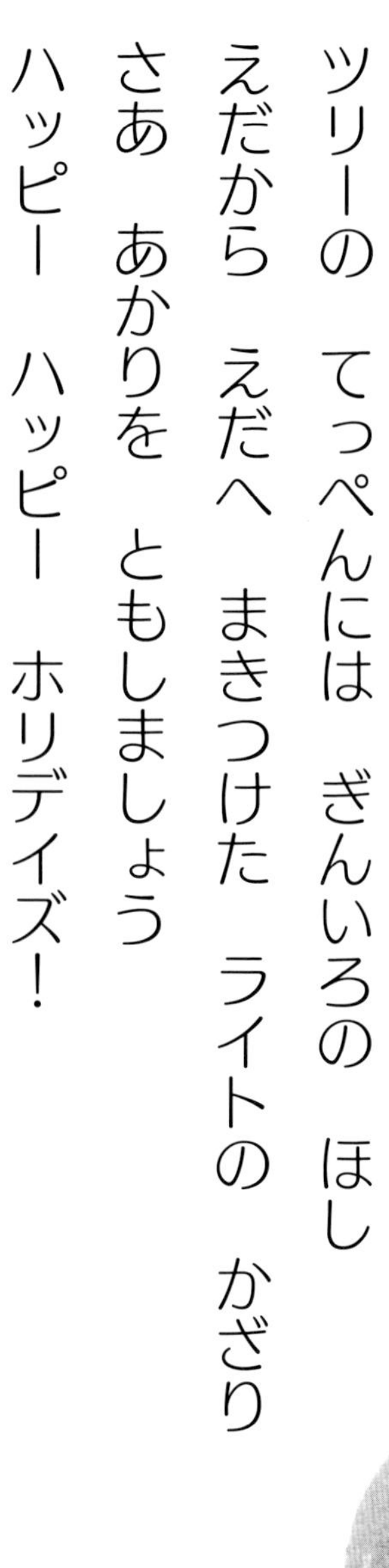

こんやは　みんなで　あつまって
たのしい　たのしいクリスマスパーティ

サンタクロースの　ぼうしを　かぶった
いちごのようせいは
きりかぶの　テーブルの　うえに
まんまるいショートケーキを　おきました
なんて　かわいらしい　ケーキなんでしょう
いつも　ほっぺを　あかく　そめている
いちごは　おひめさまみたいな　くだものです
くちのなかで　ぷつぷつ　はじける
ちいさな　つぶつぶ
あまずっぱい　あじ

これは　クリスマスプレゼントよ
いちごのようせいは
あかい　こばこを　みんなに　くばります
おさとうと　いちごを　コトコト
につめて　つくった　いちごジャム
ひとり　ひとりに　プレゼント
あまいジャムが　あれば
さむい　ふゆも　あたたかく　すごせるでしょ

さあ　このショートケーキを
めしあがれ

とおい　みなみの　しまでは
バナナと　マンゴーと
パイナップルのようせいが
いまか　いまかと　まっています

バナナのようせいは　バナナブレッドを
マンゴーのようせいは　マンゴープリンを
パイナップルのようせいは
パイナップルケーキを　つくって
いちごのようせいを　まっています
ストロベリーのサンタクロースさん
これは　わたしたちから　あなたへの
クリスマスプレゼント

小手鞠（こでまり）るい

小説家、詩人、児童文学作家

1956年岡山県生まれ。児童書、大人向け文芸書、ともに著書多数。
たかすかずみさんとのコラボ作として「うさぎのモニカ」シリーズ、『やくそくだよ、ミュウ』『ミュウとゴロンとおにいちゃん』など。児童向けの主な作品として『川滝少年のスケッチブック』『ごはん食べにおいでよ』など。好きなフルーツは、ブルーベリー、いちじく、プラム、キウイ、あんず。

たかすかずみ

イラストレーター、絵本作家

1957年福岡県生まれ。横浜在住。主な挿絵作品に『きつねのでんわボックス』『ゆうえんちはおやすみ』『なきすぎてはいけない』『いのちは』『おしゃかさま』『いっしょに』など。
好きなフルーツは、キウイ、グレープフルーツ、ぶどう、デコポンなど。

メロンといちごについては、樹木に実るものではなく、畑でとれる作物であることから、本来は野菜に分類されますが、本作では「フルーツ」として登場させました。なお、農林水産省では「果実的野菜」と分類しています。

シリーズマーク／いがらしみきお
ブックデザイン／脇田明日香

この作品は書き下ろしです。

わくわくライブラリー
ようせいじてん　フルーツのようせい 12か月（げつ）

2024年5月21日　第1刷発行

作　小手鞠（こでまり）るい
絵　たかすかずみ

発行者　森田浩章
発行所　株式会社講談社
〒112-8001
東京都文京区音羽2-12-21
電　話　編集 03-5395-3535
販売 03-5395-3625
業務 03-5395-3615
印刷所　株式会社精興社
製本所　島田製本株式会社

KODANSHA

N.D.C.913 79p 22cm ISBN978-4-06-534436-1